兼平一子歌集

言葉

東奥日報社

目次

夫のこゑ聞えくるかと聴きすますわが耳を吹きてゆく風の音

1　二〇〇五―二〇一〇年

父の遠景　桜変化　季のいそぎ
雪人参　波の花　魂の楽
錆び早し　素心蠟梅　冬の花
待てば　無言館

九六首

父の遠景

雪消えてヒヤシンスの花咲きそろふ坪庭いまも父の遠景

早春の庭土にひろふ空蟬の満ちゐし命のゆくへを思ふ

つんつんと角立ててまろべるはしばみも無くて坂道のつぺらぼう

あがり框に這ひのぼる六歳のわれがゐて記憶の夏はいつもひんやり

十歳のわれがつきゐし手まり唄いまは社のいちやうのみ知る

杉山を守れる伯父と伯母逝きてわれの入りゆく道こばまれぬ

伯父伯母の守れる杉の山ふかく幼きわれの迷路も閉ぢぬ

セピア色に褪せたる写真に書き添へて父の筆あと未だあせざる

眉ふとき父と並びて一文字に口結びゐる昭和の教へ子

桜変化

一陣の風に流花の渦われて水の底ひの花のあかるさ

若く逝ける友ら幾たりをみなにて桜にじめる夕べを帰り来

瞠けば花　瞑ればをみな夕闇の桜変化を漂ひてゆく

ダムに沈む村を語りてをみなごの太棹の音はさむく流るる

子を産みて家郷への思ひ深まると桜散華の撥のひびきは

すさまじく花ふぶきせり戦ひの果てざる地表いま砂嵐

にじむ血のごとき芽吹きと思ふとき遠きイラクの母子を顕たす

難民テントより不意に振りかへる少年の凝視にわが耐へむとす

季のいそぎ

夕茜のこれる空をゆらぎくる火の扇ふるき城下のまつり

まなじりをきりりとあげて送り絵の女人はひたとわれを見返す

絢爛の武者絵の隈取りくつきりと戻りねぶたは雨に濡れゆく

けふの雲ひかつてゐるよといふ娘　ひと日の疲れの翳ひきて立つ

しましまの灰いろ子猫庭をゆきしと疲れて帰れる娘をよろこばす

とき長く思ひてきたる歌に会ふ岩木山頂鎌田純一の挽歌

安寿姫の心凝りしか雪消えの湿りに咲けるミチノクコザクラ

雪人参

娘が住める白神山麓糖度たかき「ふかうら雪人参」を生む

雪に育てる雪人参の色ふかくけふの主役はにんじんサラダ

をりをりに娘が運びくるる雪人参　厳寒こえゆく命やしなふ

週にいちど食糧買ひて帰りゆく娘は大いなる夕日に向ひ

風冷えて水温緊まれる圃場ひろし青あをと芹を束ねゆくをみな

荒れあれし吹雪のあとの夕食にひげ豊かなるぼたんえび買ふ

地球温暖化の危機さりながら朝より気温マイナス七度の吹雪

降りやまぬ雪にうもれて書き続く遅れし返書たゆたひながら

白神山地に雪は来りぬ展翅板にオホミヅアヲの眠りふかきか

松本清張生誕百年きつぱりと冤罪事件立ちあがりくる

天城峠の夕ぐれ長し鈴振りて松本清張消えてゆきたり

波の花

波の花うまるるさまも見つつゆく娘の住む町の海沿ひの駅

無人駅過ぎゆくときに振りかへる雪間に細きひとすぢの滝

遠くより来れる人と隣り合ひ冬濤猛き海に見入りぬ

吹雪やみてみづいろ淡き空のもと従弟の白き骨ひらひろふ

われよりも若き従弟のデスマスク遠き記憶のその父に似る

魂の楽

調弦の響きひたひた高まりてコンサートホールに心は震ふ
しなやかに鋭く風を切るごとく西本智実のタクトのゆくへ

リトアニア、　苦難の歴史負ふ国の楽の光につつまれてゆく

心憂き年月ののちにめぐり合ふ西本智実のたましひの楽

錆び早し

特別選者河野裕子の笑みてゐし青森市文化会館窓の辺に来つ

豹紋蝶黄揚羽あまた訪ひきたり檜扇ことし咲きたる庭に

図子と小路の違ひを言ひし河野裕子　幼きわれの津軽のづしコ

ジョナゴールドの紅き肌へにほつつりと明きたる鳥の嘴のあと

鳥の吸ひたるりんごの甘みともに食む炎暑を越えて延びたる命

梅雨明けに間のあるころか藍青の海はしづかな翳を生みたり

十六の少女へ未明を出す手紙ニッコウキスゲの切手を貼りて

父夭く従妹がわかく逝ける月　岬に七月の灯がともりたり

梅雨明けの朝とならむか一点は炎の鳥となりて翔けたり

新涼の風立ちそめて白萩の枝垂るるあたり影ひとつ顕つ

かそかなる音にてわれを撃つものは朴の厚葉なり錆び早くして

素心蠟梅

蠟梅忌のいちりん素心蠟梅の花びらふるき手帳より落つ

透明になりてこぼれる花びらに過ぎたる時間わが歌の時間

福田栄一師十年祭に出会ひたる赤坂のあめ湯島天神のゆき

痩身の面輪しづけきたの子師のにび色の和服くろき喪の帯

いまもまだ会ひたいよのひと言に献杯ありき安藤彦三郎氏

初めての歌会参加を喜びくれし鵜沢宏さん逢坂敏男さん

歌一首評さるる間に移りゆき白き船の視野より去りぬ

干大根皺みてをりぬわが留守を流れし時間の透明の嵩

＊

わたくしを忘れないでね　透明のこゑ渡りくる伊予より津軽へ

伊予の梅林けぶりてあらむ雪ふかき如月つがるの夜に思へば

夫恋ひの歌詠み尽しいまもなほ寄り添ひあらむ雛のおもざし

冬の花

散り敷けるいろは紅葉をひろひゆく北鎌倉の午後の日ざしに

大銀杏の樹齢ききつつ津軽なる大樹を言へば負けたと笑ふ

案内の運転手さんファンかと立原正秋の墓処を伝ふ

墓どころは瑞泉寺と聞きてしばらくを紅葉越しなる空仰ぎをり

『冬の旅』を読みたる感動あらたにて秋霜のごとき作家の生涯

エッセー集『冬の花』に活写され里見弴九十歳のゐずまひ

『冬の花』『冬のかたみに』『秘すれば花』つらぬきて水のごとき清冽

見返れば鎌倉文学館に陽は翳り冷えびえとをぐらき山茶花の道

待てば

歌稿ながく読みゐし夫が眼をあげぬ真昼しづかにこほろぎの声

逝きてのち成れる高瀬隆和歌集『雲の貌』待てば大空ふかし

魂のさびしさ長く見るものか季におくれて咲くのうぜん花

小野正文先生の通夜より帰れる夫がつと月に掲ぐる白萩一枝

歌稿ひとつ投函しをへてゆつくりと冬の林の沈黙をゆく

無言館

若葉影ゆれたつ坂を登りつめ無言館へ白きひとすぢの道

ほのぐらき照明のなか剝落の像より少年飛行兵顕つ

召集令状受領ののちを描きあげしふるさとの道翳ふかき森

羞ひに耐ふる心のみづみづと妻は初めての裸婦像となる

しろじろと明るき「海」への道ありてその果ていづくへつづく海原

剝落の絵具の跡の胸を截りなほいきいきと乳房息づく

残しゆかむ心まざまざ　ふるさとの波立ちあがる白馬となりて

ゆるやかに組まれし母のもろ手の像　未帰還の子をいまも待ちゐる

還りきてたましひ蒼く歩むらし「月夜の田園」とほく展くる

すすり泣きの声つづくなり無言館の壁うす白く十字に延びて

あと五分あと十分と描く恋人像　つひに未完の余白せつなし

生き得たる証しとなして一枚の「妹像」のいまもかがやく

〈生きて鋳金の作品を〉ひそかなる祈りに遺す婦人像ひとつ

コンクリートの素壁つらなる美術館めぐりめぐれば十字のかたち

〈ゴッホの死〉歌に詠みたる人の絵は群鴉の麦の秋に通へる

信濃なる連山あをし　さうさうと木木吹く風は人語のひびき

モニュメント〈記憶のパレット〉に立ちてゐる若き画学生ら　とこしへに立つ

2　二〇一一―二〇一二年

六八首

命生るる　夫と娘　七種十種

三月の風　五十年　ねぶた花笠

天塩　肯ひがたく　冬を越ゆ

命生るる

二〇一一年三月十一日

信号機すべて止まれる大地震の夜　帰りくる娘を待ちゐる時間

翌十二日、東奥日報届く

余震つづく闇の夜明けて地元紙に大災害の声なき一報

冷気なほ鋭き大気をつらぬきて夜々をふくろふのこゑがふるへる

慟哭をこらへてゐますと書き添へてきみは幼な子の命を守る

このときに何ができよう身を絞りたどりつきたる津軽の民話

幼な子を守れるきみへ送りやらむ読んであげてと『青森民話』

雪降れば、雨降ればなほ見あげゐつ被災地につづく空の果たてを

被災地のただなかに留まる友へ書く故郷の桜の開花予想日

「這ってでもこの子を産めるところまで」瓦礫の街に命が生るる

人界の苦しみ希ひ深む日日を白く凝しく春の岩木嶺

夫と娘

統合校ふえゆく記事に母校なる校名消えしと娘は呟けり

同じ校舎に時を違へて勤めたる夫と娘が静かに語らひてをり

七年を勤めし職場の閉校式　ワイシャツま白に夫は出でゆく

いちめんの雪の庭なり白樺の花芽ゆらぎて夫を見送る

式典に出でゆく父のために開く雪道いっぽん娘は奮闘す

七種十種

卒寿なる歌びとを送る年明けはやがて激しき雪に変りぬ

ふるさとへ橋わたりゆく幾たびか葬りの時の増えしを思ふ

白樺の細枝めぐらす寒の空まぎれずといふこと思ひをり

待つといふことの豊けさ浅き陽を浴びてもろ手を挙ぐる朴の木

野うさぎが来てゐるよ早朝を出勤する娘のメモ置かれあり

『武士の家計簿』観たる感動に揺られゆく車の正面ふぶきがつのる

母の手に習ひしけの汁手が知れり無心に刻む亡母との時間

けの汁を食べたしと帰りくる娘　鍋いっぱいの七種十種《ななくさとくさ》

三月の風

知ることの希望、絶望なひまぜに声なきわれを撃ちくる紙面

失なひし言葉を裡に刻みゆく永くながく忘れないこと

大震災の天地をくぐりて届く手紙　歌集祝賀と見舞ひ一つに

タイムトンネルくぐれば残る雪ありて三内丸山縄文の風

昇る陽か沈む夕日か縄文の赤き漆の大皿の出づ

母の棺に調理用石皿　子の甕に丸石ありて暮しの匂ひ

食されし木の実魚介の豊かにてクルミクリの実タイタラヒラメ

五たび来てなほ感動の薄れざる　五千年をかがやく翡翠

五十年

三十三歳にて逝きたる義兄を知るひとりわが歌集に寄せて言問ふ

良い子を産めよ　声あたたかくひびけり今も娘はすこやかに

水無月を逝きたる義兄と霜月を生れたる娘と命ゆき交ふ

顔知らぬ伯父に二人の娘が供ふる花かご仏間のほの明りなる

法要を終へて墓地へむかふ道　葉風のはこぶ植田の匂ひ

義兄逝きて五十年なりはつなつのひと日を集ふ家族も老いて

ひそやかにいただく小鉢の酢のものにしろがねいろに光る蓴菜

稲苗のみどり濃くなる彼方にて岩木の嶺の雪形ほぐる

ねぶた花笠

いちにちを歌誌の校正手つだひて帰りゆく娘の月明き道

人を送りて岡の茶房に飲む珈琲むつ湾の汀線とほく光れる

色あせしねぶた花笠ためらひて娘はまた転居の荷に納めたり

市営バスは娘の住む街区に入りゆけり妙見といふバス停ありぬ

ささやかに娘の転居を集ふ夜ほのぼのと夫は酔ひてゆくなり

気象の落差はげしき春なつ秋すぎて刈田明るし空もあかるし

有機栽培にこだはる友の〈つがるロマン〉小さき滝となりて迸れり

秋仕舞をはれる刈田に影うつし干草ロール大根すだれ

天塩

尾の白き狐に会ひしと菅江真澄の一章明るし柳田の道

時鳥の鳴音いくたびも記されて田植ゑ盛りの鯵ケ沢への道

菅江真澄遊覧の文　津軽飢饉におよべるときに調べ変りぬ

冬の精のごとき白菜漬けゆくに赤穂の天塩まつすぐに打つ

水はじく青紫蘇の葉を洗ひつつ食つくることのかくも香し

肯ひがたく

にはかなる根雪に囲ひのまに合はぬ石楠花細く葉を閉ぢゐたり

風雪に阻まれ停車の二時間余　友の葬儀の終らむとせる

花のやうに明るき遺影に救はれて吹雪のホームに列車を待ちぬ

とつぜんに君に訪れし死を思ふ幾たびも思ふうべなひがたく

孫さんを送りて帰りそのままに息引きたるかひとりの部屋に

われの贈れる歌集机上にそのままと声をうるます姉なる人の

同期なれば旅いくたびか重ねつついづれも楽しき君の笑顔に

冬を越ゆ

田の面に雪厚けれど晴天を沼辺にわたる白鳥の群れ

雪切りの汗を拭ひて気がつけばやや濃くなれる空のみづいろ

夫の命子らのいのちわがものならねども心熱しこの冬を越しつつ

堅雪を踏みてもどれる娘とあふぐ月につらなる凍星ふたつ

冬のなごりの白菜きざめるみそ汁に三陸産のわかめ香り立つ

恩師より娘がいただきし立雛を飾りてことしも雛の祭りす

明日はまた吹雪の予報さはあれど家族そろひて雛の酒酌む

書き物に熱中してゐる夫を呼びて午後の紅茶はピュアダージリン

除雪終へて汗ばめる身に沁みてゆく蜜ゆたかなるりんご一きれ

3　二〇一二―二〇一三年

白萩生きよ　命なりけり
ふるさと　ことば　空
家族の時間

五七首

白萩生きよ

雪害を食害を越えて咲きそろふ矮花りんごの花の輝き

野兎もぐら鼠の必死　大切の白萩の皮、根を食ひつくす

形見なれば朝に夕に水やりのわれの必死や白萩生きよ

杖つかず歩めることを支へとし睡蓮沼まで夫の一キロ

黄つり舟紅つり舟も過ぎたるか今年会はざる花の数かず

破れ蓮あまた沈めて束の間の日和にひかる水のたひらぎ

三月の落雪に折れし屋根庇　修理終へし夜をしぐれが走る

被災地は青シートのままの屋根あまたと屋根職人の吐息は深し

命なりけり

赤錆びし鉄骨のみの前に立つ南三陸町防災庁舎

三階建ての庁舎の屋上二メートル地に立ちてその水を思へり

渾身の力に避難を呼びかける遠藤未希さんの声ここに響けり

見上げゆき防災庁舎のその時を思ひみるなり光るアンテナ

被災地は津波の水位記されていづこもわれの身の丈を越ゆ

断たれたる防潮堤に陽は灼けてボランティアガイドも被災者なりぬ

田老町に寄せし大津波語りゆく人もわれらもともに灼けつつ

三人姉妹のお菓子屋さんの〈気仙ゆべし〉流されゆきぬ人も店舗も

生き得たる一人の力によみがへる〈ゆべし〉の味はひ命なりけり

ふるさと

とこしへに福島びとのふるさとと思へばわれはふくしまと書く

失なひしふるさとの岸べ　北上の葭原ゆたけき映像に会ふ

けふ三たび空を仰げり流されし家のやうなる雲の奥ゆき

雪空をただ一羽ゆく白鳥の孤独みぢかき声を漏らせり

冬川に死にたる幼鳥のこしゆく母鳥の遠き旅路を思ふ

ショーウインドーに桜の色の衣なびき新しきモードサロン開店す

夕暮れの北上川鉄橋わたりゆく銀河鉄道　賢治とトシの横顔

ことば

学校にまぢかく住めば児らのこゑ緑の風となりて吹きくる

おはやうと弾みて言へばおはやうと木霊のやうな児らの笑顔は

うろこ雲ひろごりゆけり長崎に竹山広あらぬ八月

踏み出さむ足がた黄いろにしるされて小学校は夏休みなり

鯨の化石出土せし山にま向ひて小学校の窓ひらけたり

心づくしは胡麻和えいんげん見返れば家族レストランの白き蔓ばら

鳥のふんのごときが揚羽の卵だよ一年生が教へてくれぬ

食草のたちばなより濃き真緑に色かへて揚羽の幼虫五つ

父のよはひ母のよはひを越えてきぬ世界文学全集背文字は灼けて

白樺の剪定枝みぢかく揃へゆく四人家族でつくる迎へ火

のこぎりは引く呼吸だよと夫の声いつか記憶となりゆく言葉

空

けふ世界人権デーの空晴れて翼ゆるやかに白鳥がゆく

かぎりなく澄む冬の空　ネルソン・マンデラ氏の見送りびとは八万人とぞ

細りゆく身ながら希望はまだ捨てず日ごと見あぐる空のはろけさ

沖縄に平和の未来ください　サミットに呼びかける少女の声いまも在り

かすかなるゆがみもなにか懐しく鷗外旧居址明治の硝子

百二十年ぶりの大雪思ひ見む甲斐天領の桃は吹雪くか

乱れ降る雪の影ときにゆらめきて蓬餅のばす子の指しろし

夫が病めばつたなきわれの餅切りの全身こめて包丁を押す

あしゆびの一本痛むを庇ひをれば思はぬ時を身の芯ゆらぐ

少女期の大歳の日の仕事なり鶴の燭台ながく磨きぬ

こののちも夫と生きゆく岡の上ことし会へざる冬虹を待つ

家族の時間

贈られし枇杷の一つぶ食べをへて今朝の食すこし進むわが夫

刺するどき楤の芽採らむと伸びあがる娘を見守りて父の貌をす

ＴＰＰの不安みぢかく語り合ひ散髪すつきりと夫立ちあがる

癒えそむる夫の手をとりてゆく歩みこの世なつかし花のむら雲

桜守の若きらが命を継ぎゆかむ与力番所の老樹をあふぐ

春耕の音ひびくなかゆるやかに田堰の水の盛りあがりくる

ゆつくりと撫でくるる夫のてのひらに白髪ふえしわれと思ひぬ

身を寄せて短き眠りに入らむとす苦しきことを言ひ合へるのち

蕗の葉を丸めてうつはを作りくれし祖父ありて蕗の香りの清水

「戦争をしない国」のこゑ湧きおこり白鶺鴒のめをとが翔べり

朴の梢しらかばのうれ空を指しここに生きたる家族の時間

4　二〇一四年

夫の緒　その声褪せず
絶えゆくもの　湧く泉　舞鶴へ
ひとたばの

七一首

夫の緒

息の緒の絶ゆるといふこと今にして知るなり正目に夫の緒の絶ゆ
（平成二十六年六月十九日　夫逝く　享年八十八歳）

息引きし夫の鼻すぢ顎の線この指先にのこれるものを

両腕に夫を抱きて来りけりひぐらしのこゑ繁き山墓

山上の菩提寺より見るふるさとの海なり遺骨の夫を掲ぐる

茄子の牛きうりの馬を苦心して子はつくるなり父の新盆

迎へ火の井桁なかなか崩れぬは父の手技と口結ぶ子は

夫の新盆みたりの家族となりて迎ふ白樺は透明の炎に燃えて

天ひろくうろこ雲満つ　ゆつくりと生きよと夫の声が聞ゆる

白むくげ芯までしろし亡き人の息吹ほのかに頬をすぎゆく

命ある夫を抱ふる腕の重み日ごと日ごとによみがへるなり

ほうとして白雲木の花見上げをれば傍へに身じろくひとりの気配

ともに聞きし日日なり郭公ほととぎすけふ二七忌を初蝉の鳴く

けふ為さむこと夫に告げて立ちあがる珈琲杯の香りのなかに

夫逝きて二たび三たび訪ひきたる羽黒とんぼの深き息づき

学徒動員の先にて夫が見つめたる青森空襲の炎《ひ》　その日が近づく

空襲の炎に溶けて残りたる文鎮一本書斎のあるじ

戦ひのふたたび起らぬ世をねがひ逝きたる夫のさいごの署名

その声褪せず

斉藤梢歌集『遠浅』に〈届かぬ声〉八十三首を読む。〈メンソレータム、赤チン、ウルトラマン、泣く子のためにその母のために〉の一首あり。かつて、被爆の写真展を見て体験した無念さを重ねて、この一連を詠む。

被爆者の写真展はじめて見し日なり今泉本店ホールに凝然と立つ

街角にテントを張りて治療する医師のこゑ　噛みしむる口の奥より聞こゆ

「せめて赤チン塗るだけ」写真展の五十年のちもそのこゑ褪せず

人間の尊厳とはなにか　噴きいづる涙のなかに立ちすくみたり

被爆と被曝のちがひ知る日が来ようとは　わが七十歳を越えゆく時に

渾身の力に君が現在《いま》詠める　せめてメンソレータム、赤チンを

八十三首の歌の奥より届きくる君の無念をわが身に重ぬ

二〇二一年暮れむとしつつ雪踏みて野の観音へ詣でゆく道
まろやかな肩を飛雪にさらしつつ観音立たす常のごとくに

絶えゆくもの

われの住む地域に絶えしハッチヤウトンボ新生息地発見の報

清澄な湧き水にしか生きられぬ十九ミリの紅きいのちは

一属一種、青森北限　生まれたる水辺を離れざるハッチヤウトンボ

沼いくつ越えてゆきたり若き日のハッチヤウトンボに会はむこころは

ミヅチドリトキサウサハラン湿原のあえかなる花と生きたるトンボ

水環境のバロメーターと言はれこしニホンカハウソの絶滅を聞く

長き尾を引きずり歩く足跡のレッドデータブックに残れる記録

くろき眼をみはりてわれを見つめゐるレッドブックのニホンカハウソ

澄明の水うばはれて絶えゆくもの　水を汚せしわれもひとりか

絶滅危惧種となれるきちかうレッドブックのきみの写真となりて残れる

桔梗はきちかうとも読むのだよ野生種を愛せしきみの声のやさしさ

動くともなくうごきゐる絹雲のいつしか朴の梢をすぎたり

朴の葉のあはひより射すひかりの箭　季節はするどく過ぎゆかむとす

湧く泉

山ふかく朴の芽吹きは一途ならむ守るべきものまだわれにある

この国にわれは生まれて花満てる朴の一樹のこころを信ず

うぐひすの鋭声いくたび響く山　入りゆきて異界のものなるわれら

去年の落葉厚くつもれる沼の辺にモリアヲガヘルの卵塊ふとる

ふかふかと緑濃くなる橅山にいのち産みつぐものの気配す

心臓のかたち連ぬる桂の葉　修司忌の日のひかりを透かす

歌集『玉蜻』いくたびもそを読み返す　青き帷のかなたの山中智恵子《ちえこ》

玉蜻《たまかぎる》　その語知りてよりわが内の遥かなるものそよぎはじめぬ

玉蜻たまかぎるとぞ呟けば邃きより来る春のひかりは

簡明に生きてゆきたし桂大樹の根方ひそやかに湧く泉あり

*

畏れつつ樵山ふかく入りゆきてわれに賜びたる黄葉散華

橅林をくぐりて出でし真清水を掬へばわれも透明のうを

掬ひ飲む橅の湧き水むらぎもをしろがねの弦となりてくだれり

倒木に育ついのちを見つつ来て秋みづひきのくれなゐを越ゆ

舞鶴へ

西村尚氏急逝を告げしばらくの留守を頼めり遺影の夫に
　　　　　　　　　　　　　　　　　　飛聲短歌会西村尚主宰逝去

乗り継ぎは三たびにて舞鶴遠からむされどされど行かねばならぬ

わが夫の急逝を悼み賜びし文いくたび開きいくたび閉ぢぬ

いつにても筆跡端正の君なるを真夜の日付のややに乱れて

はじめての土地なるにどこか懐しく水のやせたる由良川を越ゆ

君を弔ふ舞鶴の朝おだやかに杉山をゆるく霧がめぐれり

＊

ただ一度おとなひゆける飛鳥井の井筒に散りゐむ小賀玉の花

ひとたばの

ひとたばの花を抱へて戻りくる丘の家しろき半月のせて

亡き夫の待つと急げば頭のうへの白鳥ふかき陰翳に翔ぶ

病める日も逝きてののちも待つことの多くなりたる夫と思ひぬ

丈高き合歓の鉢植ゑ売られをりけぶるがごとき夫との若き日

黄ばみたる仏間の障子を貼り替へぬふたり雪見はもはや無けれど

みづひき草ゑのころ草の風に揺れ夫のいまさぬ季ふかみゆく

心萎ゆるときにしばしを休みをり夫が掛けたる木椅子のぬくみ

陽だまりのわが膝にきて車とんぼしづかに双の翅おろしゆく

野の観音へつづくこの道見あげをれば夫の背が顫つ不意なる涙

文机を仏間に移して書き継げばたしかに居ると思へりきみの

筆、硯、墨、硯箱われにのこさるる遺愛といふこと

あとがき

本書には、「飛聲」「悠」に発表した作品を主に、「短歌研究」誌に発表した作品も加えました。ほぼ、平成二十一年から二十六年までの出詠作品です。既刊歌集『おほみづあを』(平成二十三年刊)からは、「無言館」十七首を加えました。絵画、鋳金などの創作の道を志しながら、道なかばで戦場に倒れていった多くの若者たちのことを忘れてはいけないと思ったからです。

タイトルの『言葉』は、集中の一首、

のこぎりは引く呼吸だよと夫の声いつか記憶となりゆく言葉

から選びました。亡き夫のこのひと言が、私にのこぎりの使い方を示唆し、生きてゆくことへの手だてを広げてくれたのです。

この歌集を、作歌の出発からご指導いただいた鎌田純一氏、「古今」の福田たの子氏、「飛聲」創刊からご自身の逝去直前まで、さまざまの配慮をいただいた西村尚氏に、心から感謝をこめて捧げたいと思います。

今、ささやかでも短歌という表現の方法を持っていることを、とても大切に考えています。

歌によって得ることのできた多くの先輩、仲間たち、生涯を短歌の同行でもあった夫 兼平勉、いつも支えてくれた二人の娘たちにも感謝の思いを伝えたいと思います。

東奥文芸叢書へ加えていただき、第二歌集としてまとめることができましたことを、厚く御礼申しあげます。

平成二十七年八月

兼平一子

著者略歴

兼平一子（かねひら　かずこ）

昭和十三年鰺ヶ沢町生まれ。昭和三十五年、弘前大学医学部附属看護学校卒業。三十四年「青森古今」入会、鎌田純一に師事。五十一年「古今」入会、福田たの子に師事。平成六年、歌書『青森県うた草紙』出版（共著、北の街社刊）。七年、西村尚の飛聲短歌会創立、歌誌「飛聲」創刊に参加。十年、第二十四回青森県短歌賞。森田村文化賞。十五年、兼平勉とともに悠短歌会を結成、季刊歌誌「悠」を創刊。二十二年、第三十六回青森県歌人功労賞。二十三年、歌集『おほみづあを』上梓（短歌研究社刊）。現在、青森県歌人懇話会監事、「悠」発行人。森田短歌会会長。日本歌人クラブ会員。

住所　〒〇三八―二八一六
　青森県つがる市森田町森田駒ヶ渕二二―一

東奥文芸叢書　短歌24

兼平一子歌集　言葉

発行　二〇一五（平成二十七）年十二月十日
著者　兼平一子
発行者　塩越隆雄
発行所　株式会社　東奥日報社
〒030-0180　青森市第二問屋町3丁目1番89号
電話　017―739―1539（出版部）
印刷所　東奥印刷株式会社

ISBN－978－4－88561－218－3　C0092　￥1200E

東奥日報創刊125周年記念企画

東奥文芸叢書　短歌

梅内美華子　福井　緑
工藤　邦男　福士　修二
山下　正義　工藤せい子
平井　軍治　中村　キネ
中村　道郎　佐々木久枝
道合千勢子　兼平　勉
山谷　久子　内野芙美江
斉藤　梢　秋谷まゆみ
大庭れいじ　間山　淑子
菊池みのり　吉田　晶二
寺山　修司　三ツ谷平治
横山　武夫　兼平　一子
中里茉莉子　三川　博
福士　りか　山谷　英雄
松坂かね子　鎌田　純一

（既刊は太字）

東奥文芸叢書刊行にあたって

青森県の短詩型文芸界は寺山修司、増田手古奈、成田千空をはじめ日本文学界をリードする数多くの優れた文人を輩出してきた。その流れを汲んで現代においても俳句の加藤憲曠、短歌の梅内美華子、福井緑、川柳の高田寄生木など全国レベルの作家が活躍し、その後を追うように、新進気鋭の作家が次々と現れている。

1888年（明治21年）に創刊した東奥日報社が125年の歴史の中で醸成してきた文化の土壌は、「サンデー東奥」（1929年刊）、「月刊東奥」（1939年刊）への投稿、寄稿、連載、続いて戦後まもなく開始した短歌・俳句・川柳の大会開催や「東奥歌壇」、「東奥俳壇」、「東奥柳壇」などを通じて、本州最北端という独特の風土を色濃くまとった個性豊かな文化を花開かせてきた。

二十一世紀に入り、社会情勢は大きく変貌した。景気低迷が長期化し、核家族化、高齢化がすすみ、さらには未曾有の災害を体験し、その復興も遅々として進まない状況にある。このように厳しい時代にあってこそ、人々が笑顔と元気を取り戻し、地域が再び蘇るためには「文化」の力が大きく寄与することは間違いない。

東奥日報社は、このたび創刊125周年事業として、青森県短詩型文芸の優れた作品を県内外に紹介し、文化遺産として後世に伝えるために、「東奥文芸叢書（短歌、俳句、川柳各30冊・全90冊）」を刊行することにした。「文化」の力は地域を豊かにし、世界へ通ずる。本県文芸のいっそうの興隆を願ってやまない。

平成二十六年一月

東奥日報社代表取締役社長　塩越　隆雄